KB204545

ﾉﾉ

슬픈 순례

개미

전국 장애인 · 회원 시인들의 시 작품집

슬픈 순례

이경숙 외

우리나라 최초의 장애인문학예술 전용공간인 대한민
국장애인창작집필실에서 주최하고 장애인인식개선오늘
에서 주관한 2014 장애인창작집 발간지원사업에 많은
분들이 관심을 기울여 주셨습니다. 이분들의 관심이 없
었다면 이번에는 정말 힘들 뻔했습니다. 이 집필실의 공
간 지원금을 회수하겠다는 가슴아픈 소식이 들려왔기 때
문입니다.

2013년 이 사업으로 총 7권의 시집을 가졌습니다. 시
집을 받아들고 기뻐하던 시인들의 얼굴이 눈에 선합니
다. 이 중 두 권 시집(공다원, 박재홍 시집)은 2014년 세종
도서 문학나눔 우수도서로 선정되기도 했습니다. 그 전
해 선정돼 출간된 시집들도 다수 여러 유형의 창작기금
과 문학상을 수상했습니다.

앞으로 더 많은 관심과 격려가 필요합니다. 그래야 우
리는 더 좋은 성과를 낼 수 있고, 이런 성과가 결국 장애

인에게 꿈과 희망을 안겨주는 일이 됩니다. 그럼에도 문화융성 강국을 외치는 이 나라에서 우리가 가진 조그만 창작공간마저도 더 이상 내주지 않을 거라고 합니다.

　그래도 이번 선정된 시집들을 보면서 다시금 용기를 가져봅니다.

　어려운 중에도 대한민국장애인창작집필실의 창작집 발간사업을 지원해 주신 대전광역시 권선택 시장님의 배려에 깊이 감사드립니다.

2014년 12월
대한민국장애인창작집필실 운영단체 장애인인식개선오늘
대표 박재홍

대한민국 장애인 창작집필실에서 주최하고 장애인인
식개선오늘에서 주관한 2014 장애인창작집 발간지원사
업에 많은 분들이 관심을 기울여주셨다. 소외된 자리에
서 자신의 내면에서 우러나오는 말에 스스로 귀 기울인
사람들이 그만큼 많았다는 뜻이다. 그리고 그 말들은 절
절하고, 절절한 만큼 아름다웠다.

이미 많은 이가 애송하는 「내 인생에 황혼이 들면」의 김
준엽, 진솔한 감성을 쉽고 단아한 언어로 형상화하는 위수
연의 「휠체어의 비명」, 한줌 햇살 여린 나뭇잎 하나의 의
미도 놓치지 않는 「서산에 해지는 한순간」의 이민행, 그
리고 「슬픈 순례」로 기나긴 삶의 그늘을 걷고 있는 많은
시의 발걸음들……

이들의 시를 널리 알려 온 세상 사람들에게 전달해야
한다는 우리의 사명감이 어느 때보다 높았다. 이들의 한
편 한 편 시가 편견의 미몽에 젖은 세태를 정화하는 청아
한 목소리가 되어 우리 주변에 맴돌게 되기를 기대한다.

— 심사위원회

장애인들이 장애로 겪는 고통을 이해하지 못하는 것처럼 장애인들에게 문학이 얼마나 소중한 것인가를 모르는 사람이 무척 많다. 장애인들은 시 쓰기로 고통을 드러내면서 그로부터 위안을 받고 또한 치유할 수 있는 정신적 근거를 얻는다. 이들의 시들이 전국에서 모여들었다. 신체장애인, 정신장애인도 있고 그중 다수는 중증장애인이다. 절절한 사연과 느낌이 문자 형식에서 울림을 발휘하는 시편들이다. 여기에 일부 장애인 가족들이 뜻을 합했다. 그 중에서 기성작가의 수준에서 인정할 수 있는 54명의 100편 시를 한 권으로 묶어 2014 장애인 발간지원사업 대상으로 선정한다. 이들의 '슬픈 순례'가 이 시집 한 권에서 '아름다운 순례'로 드러나는 순간을 독자 여러분에게 선사하고 싶다. ― 심사위원회

슬픈 순례
차례

가시사랑 외1

박지영

그와 나는 닿을 수 없는 가시
안으로 서로가 아픈 사랑이다

바라보거나 나란히 있거나
가시끝 따가운 손 스침으로
바라보다 마주치며 깨무는 입술
아플수록 더욱 그리운 사랑이다

옆에 있어도 바라기도 타들어가는 한숨 소리
그가 내가 되고 내가 그를 닮아가도
우리는 안을 수 없다

쓰라린 포옹으로 서로를
아프게 하기보다
바라기로, 옆지기로
오래도록 바라보아야
웃을 수 있는 사랑

장미, 더운 사랑에 타버린

간밤, 물 젖은 가시넝쿨
잠시 웃다 하늘 덮은 채
헐어 버리고

뒹구는 바람 따라
부지런히 마르련다
바닥 시린 등

폴폴, 어디로든 날고 싶어

나의 아픈 것은 강이 되고 산이 되어 외1

김선호

외로움을 참으려니 아픈 것을 참으려니
외로움은 산이 되고, 아픈 것은 강이 되고
슬픈 것은 물이 되어

더 참을 수 없는 외로움들 더 참을 수 없는
아픔들, 저 밤하늘의 은하수 그리고
새벽달

절로 지고 절로 외로운 절로 차 절로 기우니
외로우면 외로운 대로
그래도

내 인생은 아직 남아 있다

호박꽃

꽃 중에 못 생긴 호박꽃의
웃음을 난 알지
호박꽃 사이에서 빼꼼 보고 있는
웃음

호박꽃의 마음을 난 알지
넝쿨 사이에서 흘끔 보고 있는
마음을

자기 얼굴 못 생긴 것
부끄러움을 난 알지,
사람들이 볼까 하고 쑤욱,
들어가 숨어버린
꽃

겨울잠 외1

권오웅

왜 사느냐고 묻는 말에 뚜렷한 대답을 못해 줄 때, 나
는 겨울잠을 자고 싶다

꽁꽁 언 간이주점 문밖으로 추객들이 뱉어내는
어둠을 대할 때도 나는
곰처럼 겨울잠이 자고 싶다

그들이 날름날름 마셔대는 독사주와
그들이 질겅질겅 씹고 있는 개구리 껍질이
흙으로 소화되어 한 떨기
민들레꽃을 틔울 때까지

나는 나는 작은 꿈씨 하나 품고
달콤한 겨울잠을 자고 싶다

동짓날

날이 추워 마음까지 시린 사람아
장작으로 군불 지펴 따뜻한 방에
팥죽이나 먹으러 놀러 나오지

밤이 길어 외로움이 더한 사람아
알콩달콩 지난 얘기 스며든 밤에
추억이나 낚으러 놀러 나오지

가슴 비어 허전함이 생길 때에는
언제든지 달려오라 그리운 사람
우리 만나 망향가 불러나 보자

어머니의 사진 외1

문용덕

진중 수첩에 간직한
어머니의 사진,
적탄으로부터
나를 지켜 주었습니다

적탄이
나를 겨냥했어도
군복과 수첩을 스쳤을 뿐
심장까지는 이르지 못했습니다

어머니는
나의 수호신이었습니다
나의 종교입니다

눈 오는 날

내 무릎에서
징소리가 울리고,
눈에는
수도고지의
고드름 창칼이 보인다

보선 나간 통신병이
작렬하는 적탄에
온몸에
벌집처럼 파편이 박히고,

전우의 선혈은
불꽃 되어
하늘에 올라
별이 되고,

내 가슴은 철조망에
생살이 찢긴 채

바람 속에 저문다

봄은 꽃바람 타고 외1

김창현

섬진강 따라 화개 장터 앞
꽃 피는 봄은 꽃바람 타고

노란 무지개 산수유꽃
과수원 길 하동 칠백 리

채밀기 꿀통 할아버지
굵은 주름살 패인 보조개

대청호반 물억새

마한 살던 백제 숨결
천년 전설 조상 얼들

푸른 파도 수중 궁궐 뜰엔
고향 그림자 지나가고

산자락 꽃 그늘 언덕 망향탑
실려가던 웃다리 농악,

물고기 빙어 떼 물억새 숲
보슬비 아래 뛰놀 때

뽀얀 물안개도 추스르다
파도치던 물비늘 주름

동동 뜬 가을 단풍잎 하나
뒤따라오는 초승달

목화꽃 사랑 외1

김윤진

내 사랑은
항시 가난했어요

사랑하는 아내에게
주고픈 게 참 많았는데

보이지 않는 마음 외에는
줄게 정말 없었지요

삶이 아내에게 선물한
갈라지고 거친 손에

붉게 타는 내 심장 같은
목화꽃 한 송이 쥐어주곤

내 가난한 사랑이
하도 미안해

몸살 앓는 사랑

콜록콜록
내 사랑이 붉디붉은 선혈을
뭉클뭉클 뚝뚝 다 쏟아내고 있습니다

지독히도 아픈 후
다시 필
새로운 사랑을 위하여

나무도 새로운 땅에 옮겨 심으면
한동안 심하게 몸살을 앓듯
우리의 사랑도 그러한가 봅니다

사랑이 견고하게 뿌리를 내릴 때까지
나무는 몇 날 며칠 그렇게
피 흘리며 아파하는가 봅니다

쏴아-
우수수

콜록콜록

들꽃 외1

김옥미

들꽃은 사람들에게
아름다움을 보여준다

들꽃은 사람들에게
순수함을 보여준다

들꽃은 사람들에게
강함을 보여준다

바람이 불어도 비가 내려도
꿋꿋하게 남아 있는 꽃잎들

난 이런 삶 속에서
아름다움을 배우고
순수함을 배우며
강함을 배운다

비가 내린다

비가 내린다 땅속 깊이 스며드는 빗물이
메마른 대지를 적시며 잠자고 있는 봄을 깨운다

비가 내린다
빗물을 마시며 싹이라는 녀석은
누가 깨우지도 않았는데
스스로 일어나 봄을 알린다

비가 내린다
앙상한 가지에 싹이 나고
모든 식물들이 행진 나팔 소리를 내며
봄을 기다리는 이들에게 희망과 용기를 건네준다

비가 내린다
땅속 깊이 묻어 두었던
아픔과 고통도 이제 잠시 뿐,
촉촉한 봄비가 우리들 가슴에 적시어
깨끗하게 정화시켜 준다

노랑꽃 창포 외1

김승기

사고 후유증
흐린 마음
그림으로
잠시나마 고통 잊으려고

노랑 물감 찍어
하늘 복판으로
치켜 든
붓
자루

꽃인 줄 알고
흰나비
먼저 내려와 앉는다

돌단풍

강남에서 온 제비
살랑살랑
돌단풍 일으켜 세웠다

거울 앞에 앉은
새댁이다

뽀얀 얼굴
봄바람 시샘할까
들며나며 걱정이 태산이다

확
번지는 분냄새
햇살이 바람났다
토해내는 꽃멀미

하늘도 놀라
봄이 까무러쳤다

풍경 열 외1

송은애

당신이 걷는 길엔 주목 두 그루
그대들이 다니는 길엔 영산홍 몇 그루
동심의 세계를 되살리며
채송화 만발하게 만든 당신들의 손길에
과꽃 맨드라미 만발했다

기원하는 마음에 북, 장구 장단 맞추던 날
그리도 무덥더니 꽃향기에 숙연해졌나
가을이 벌써 고갤 내민다
고추잠자리 군무를 이루며
덩달아 꽃쪽도리 나비를 부른다

백수 전쟁

밤새 내린 빗물 대신
전화벨이 세상을 휩쓸고 지나갔다
솔깃해진 귓밥이
춤을 추며 밤낮을 휘두르고

모래 씹은 얼굴로
밥은 밥상 위엔
휩쓸고 지나간 빗줄기보다
이름 모를 영혼들이 등을 보인 채
울고 있다 웃고 있다
온통 제정신이 아닌
헛것이 난무하는 곳에
하염없이 서 있다
물끄러미 서 있다

숨바꼭질 외1

이남로

있다가 없어지고
안보이면 나타나고
그 사연 누가 알까
아무도 몰라
찾으려고 해도
어디 있을까
갑갑하고 답답하고
이 불안한 공포
어디에 숨은 걸까
화려한 봄이

봄비

언 땅을 녹이는 봄비
언 마음을 녹이는 눈물 되어
땅을 적신다
이슬이슬 이슬비
보슬보슬 보슬비
있으라고 이슬비
꿈을 부르는 꿈비
약이 되는 약비
문을 여는 봄비

태평사의 봄 외1

이계천

햇살 큐피트 입맞춤에
얼굴 붉히며 하얀 미소로
앙증맞은 애교를 떠는
철쭉 꽃잎의 행복한 비명

유치원 병아리들의 노래에 맞춰
나팔 소리 연주를 울려주니
새들의 합창이 어우러져
태평사의 봄은 익어간다

철쭉은 햇살과 친구가 되고
유치원 병아리들 왕자, 공주가 짝이 되고
나는 문학동호 장애우들 미소로 짝이 되어
태평사의 봄을 만들어 간다

누더기 된 사랑

빗물이 쏟아 붓더니
깊이 패인 자리에는
흙탕물이 모여들어 그 뒤에는
오물의 흔적만 가득하고

봄의 행진곡에 아름다움만 자랑하던
꽃의 향연은
멍이든 꽃잎의 초라함만 가득하네

칠월의 태양이 쏟아 붓더니
말라비틀어진 잎새만 늘어지고
그대가 퍼붓던 사랑 뒤에는
찢겨진 누더기만 바위산을 이룬다

가는 세월만큼의 뒤안길에는
스쳐간 인연들이 고물처럼 쌓이고
지금 내가 걸친 빛바랜 옷은
누더기 된 사랑뿐이네

매미 외1

위수연

매기가 노래 부른다
왜 부를까
기분 좋을까
왜냐면, 여자 친구 오라고
부른다

숲

나무가 많은 숲속에 가고 싶어요
물고기도 있는 곳이요
내 할 일 뭐예요
먹고 자고 하는 게 아니잖아요
알고 싶어요
하나님 사랑 알고 싶어요
아무도 없는 곳 가고 싶어요

하늘 바라기 외1

서경구

두 손 모아 그리운 님을
불러 봅니다
대답 없는 당신은
어디쯤에선가
나를 지켜보고 계실지
알 수 없지만
난 오늘도
당신을 향한 내 마음을
하늘로 띄워 보냅니다
응답이 없을 지라도
떨리는 두 손에 힘이
들어가는 것
두 볼을 타고 내리는
따스한 당신의 숨결

열정

늘 당신 곁에 있겠습니다
눈길 한 번 아니 주셔도
저 밤하늘을
지키는 별빛처럼

당신의 앞길을 밝히는
빛으로 남겠습니다

늘 슬프게 고개 숙인
저 갈대가 바람의
손길을 기다리듯이

그대 얼굴
마주할 그날을
기다리며 내게 남은
마지막 열정을
그대에게만 드리겠습니다

고장 난 벽시계 외1

백국호

'고장 난 벽시계'라는
노래가 유행하고 있다
세상에 무엇이
고장 안 나는 게 있더냐

고희 무렵이면
건전지를 다시 끼워도
누구나 쓸모없는 벽시계가 된다

언제부터 '고장 난 벽시계'가 되었을까
오늘도 절룩절룩
들길을 가는 어머니

거친 세월을 건너다보니
나사가 한둘 헐거워진 것일까

눈

언제 왔다 갔을까
발자국 하나 남기지 않고

방문을 두드리거나
꿈이라도 좀 흔들어주지 않고

아무도 몰래 다녀간 그대
지금쯤
저 산허리를 넘어가고 있을까

차 한 잔을 놓고
그의 그림자를
밟아본다

가족 1 외1

최종진

천둥 치고 이어
비가 옵니다

바늘 길을 따라
실이 옵니다

엄마 손을 잡고
아기가 옵니다

그들은 모두 하나입니다
지구도 그렇습니다

이슬 2

외로움에
밤새 울어도

날이 새면
환한 웃음으로 살아

떨어지는 순간에도
빛나야 한다

눈물 그대로
꽃이 되어

봄 강에서 외1

오리 자맥질마다
주름치마 펼치는 강물
떨어지는 햇살을 받는다

지난겨울 얼었던 가슴
새봄에 다 풀어놓고
잔잔한 물살 가르는 몸짓

혹여 너 떠난다 해도
이 강가를 거닐 것이다
바라만 보아도
따뜻해지는 가슴이 있기에

동백

눈시린 그리움에 지쳐
스스로 자멸하는
붉은 정열이 낙화로
핏빛으로 물들인다

전공이 지팡이 외1

조재훈

걸어 다니는 것에 다리가 있지
물론 다리가 없으면 걸을 수도 없었겠지

그러나 한 발짝도 걸을 수 없는 것에게도
다리를 붙여 놓은 것이 많지

상다리가 그렇고
한강 다리 같은 것이 그렇고

이런 것들은 놓은 대로 그대로 있으면 되는 것이지만
다리가 적어도 세 개 이상은 되었지

그러나 항상 걷는 것이 주 업인데도
지팡이에게는 다리가 하나밖에 없지

그렇지만 지팡이는 하나도 불평할 것이 없었지
원래 전공이란 남이 못하는 일을 해내는 것임을
지팡이는 알고 있었기 때문이지

충성의 지팡이

먹여 주지 않아도 일을 하고
입혀 주지 않아도 투정을 않고
집을 지어 주지 않아도 따로 나 있는 자여

귀가 없어도 말을 듣고
허파가 없어도 호흡을 맞추며
신경이 없어도 감각이 통하는 자여

별다른 보살핌이 없어도 수족이 되어 있으며
전혀 보수가 없어도 몸바쳐 일하는 자여

그대는 다만 나의 불리움으로
언제나 어디서나 내 곁에 서 있네

포내리 6 외1

이봉명

나는 안다, 떠날 때 보다 돌아와 바라보는 것
얼마나 아픈지를
누군가 함부로 버린 땅에서
물살처럼 소용돌이치는 뜨거운 분노를
아득히 먼 길 떠나려는 자
낯선 땅에서
달려오면 한 생각이 나를 때리고
지나간다

그리움에 대하여

그곳에 가면 언제나 너를 만난다
나는 것은 새떼들, 그곳에서
한 치도 물러설 줄 모르는
빈 것은 가득 채우기 위하여
가득한 것은 나눠주기 위하여
넘치는 것은 흐르기 위하여
내게로 달려와 쓰러지는
고스란히 그대로인 너를 만난다

튤립 외1

이내윤

내 사랑하는 당신에게
말을 하기가 두려워
마음속으로만 간직하기 위해
꽃봉오리
꽃봉오리로
사랑의 꽃말을
겹겹이
꽃잎을 포갭니다

내 사랑
나의 사랑만을 위해
내 마음을 겹겹이
꽃잎으로
꽃잎으로만 묻어두고
꽃잎 꽃잎마다
사랑이란 말을 씌워
바람으로
바람으로

그대
가슴속으로 가슴속으로

튤립의
홀씨를 띄웁니다

사랑의 나눔

내 손 안으로 거머쥔
작은 사랑을
주머니 속으로 쑤셔 넣어도
헐렁거리지도
뚱뚱하지도 않습니다

사랑에는 거짓과 위선
눈속임도 없습니다

만나는 게 알고 지낸다는 것이
너무 즐거워
가슴이 벅차오릅니다

내 몸은 어찌할 바 몰라
내 얼굴은
해맑은 해바라기가 됩니다

슬픈 순례 외1

이경숙

추억의 언덕에 오르다 우정이 강물처럼 흐르고
비둘기 수십 마리가 사연을 쪼아
소라 껍데기가 되어진다
독일 간호사 꽃씨를 동봉한 편지 눈물 젖고
약국 개업 후 절름발이 애인 이야기
상처난 것 향긋한 향유 적셔
목을 태우며

지난겨울 하얀 눈 밑
청보리가 자라듯 가슴에 비밀이 숨어
잿빛 담장 안에 백조 같은
주저함 없이 세상 헤엄친다

아버지 부재 중 계모와 지낸 사연
가난한 동생 일본인과 결혼
집까지 팔아 간 사연
숲속 산새 소리처럼 도란거리며
뜨락 나무 벤치에 앉아

폐병으로 격리된 넝쿨나무 밑
저녁놀 봄잠 꿈같은 시간

지금은 퇴색한 잔디밭
바람개비같이 잃은 희망
순례가 되어 살림살이 변명 눈빛
별처럼 반짝
보석을 서슴없이 꺼내 쓰곤
바늘처럼 잎새 돋아
슬픔 먹고 있다

그녀가 던진 빈말 몇 억 혼란하여
뱉는 호흡 눈꽃 인사

수박

한낮 뜨거운 햇빛
수박 네 덩이를 쪼개어
시원함을 느낀 사람들

젊은 산그늘이 이웃처럼
내려앉아 웃는다

나무에 부는 바람과 땅에 부는 바람이
두께가 다른 것같이
희망도 답도 길도
내 안에 있는 것

삶은 조금씩 소멸하는 것이니
사랑은 사라지는 것이 아니라 거두어
가는 것 같다

꽃잎 외1

이인숙

새싹이 눈 뜨면
엄마 잎이 손잡아 주고
기울어진 가지에 등 받쳐 주고

물 한 모금
햇빛 한 줄기
해뜰 때, 그늘질 때

사랑의 동이
주님의 사랑의 눈길로 감싸주어

시든 잎 따주고
벌레 먹을까
동동거리며
오늘도 엄마 잎이
빨갛게 달아올라 있다

목련

길모퉁이에
새하얗게 서 있는 너를 보니
마치 목화 꽃송이가 나를
유혹하는 것 같구나
지난겨울에는 어디서 어떻게 지냈니?
이렇게 새하얗게 옷을 지어 입으니
너 말고 누가
새봄이 왔다고 속이겠니?

네 하얀 몸짓으로
진한 겨울의 추억을 덮고
네 곁으로 다가간다

나의 행복 외1

고정숙

내가 행복하게 살아야
네가 슬플 때
꽃을 안고 달려가서 너를 안아주지
그게 너의 슬픔을 치유해줄 수 있다면 말이야
나는 기분이 편해지고 마음이 행복할 거야

엄마의 구두

어린 시절 엄마가
신발장 깊은 곳에 꽁꽁 감춰놓고
특별한 날만 쓱쓱 닦아 신었던 구두

엄마가 밖에 나가고 없으면
몰래 꺼내 신고
엄마처럼 거울 앞에 서서 미소를 지었던

이제는 마음껏 구두를 신어보지만
엄마의 구두처럼
흥미롭고 아름답게 느껴지지 않는다

엄마의 온기가 남아 있던
따뜻한 구두가 그립다

다시 일어서서 외1

배미숙

아픔을 딛고 일어서서
쓰러져선 안 된다고
채찍질하는 또 다른 나

나보다 더 불행한 사람이 많이 있다고
쓰러져선 안 된다고
일으켜 세우는 또 다른 나

사랑하는 사람들이 내 주변에는 많기에
저 산 아래 저무는 태양을 바라보며
내일 다시 떠오를 태양을 그려본다
내일은 부디 꽃을 피울 수 있기를 바란다

신발

딸아, 네가 가는 길이 너무 힘들면
나무 그늘에 앉아 쉬어도 좋아
인생이라는 거칠고 험한 길에
엄마가 너의 신발이 되어 함께 걸어줄게
딸아, 네가 걷다가 깨진 유리조각을 밟아도 걱정마
속상하면 잠시 주저앉아 울어도 좋아
네 발을 보호하는 신발처럼
엄마가 함께 울어주고
널 감싸줄게

학창 시절 외1

친구가 의사로 있었다
병원에 가보면 친구는 사람들을 치료하고 있었다
고등학교 때를 생각해 보았다
친구와 나는
우열을 가릴 수 없을 정도로 공부를 잘 했다
친구는 의대에 나는 사관학교에 갔다
나는 병을 얻어 이렇게 시설에 있고
친구는 병원에서 환자를 돌본다
부럽다
나는 자꾸만 흐려져 가는 정신이 문제이기도 하다
자꾸
그 학창 시절이 그리워지는 것은 무엇 때문인지

신발

고은 신발을 신으면
기분이 좋다

그 고운 신발을 신고
첫 발을 내딛으면

나 대신 모든
불결함을 뒤집어쓴다

시간이 지나면
초라해져도

그대, 숭고하여라

다섯 손가락 외1

이윤복

친구가 많다
외로워하고 있을 때
조심스럽게 친구가 있는 대문을 노크했다
대문을 지나면
하얀 친구가 나를 반겼다
친구는
나의 고민을 잠시나마 날려주었다
가끔은 나도 친구의 고민을 들어줄 때도 있었다
그때 친구는 신이 나서 허공에 하얀 글씨를 써댔다
친구를 만나러 가는 길은
언제나 가깝다
내 주머니 속에 친구가 스무 명 살고 있다

신발 한 짝

당신과 나는 신발입니다
당신은 나의 신발 한 짝입니다

같은 마음으로
한 걸음 한 걸음 속도를 맞춰
걸어가는 나의 짝입니다

내가 힘겨워 잠시 쉬고 싶을 때
먼저 달려가지 않고
내가 일어설 때까지 기다려 주는
당신은 나의 짝입니다

아직 걸어가야 할 길이 멀고
장애물도 많겠지만
당신과 함께 걷는다면

그 길은 모두 다 행복입니다

음악과 나 외1

백광기

좋은 목소리로 부르는 노래는
언제나 기분을 좋게 만든다
조용필 이미자 남진……
병원에 입원했을 때
약을 먹고 홀로 거닐어도
항상 음악은 내 귓속에서 함께했다
음악을 들으면 마음의 소리가 들리지 않는다
음악을 들으면 세상 돌아가는 게 잠시 멈춘다
직접 노래를 부르는 것은
별로 좋아하지 않지만
좋은 목소리로 하는 좋은 음악을 들으면
잠시 나의 세상이 멈춘다

신발

우리는 발에다 신발을 신는다
왜 신을까?
불편을 없애기 위해서다
발에 어울리게 신고 싶어서다

신발에 관한 멋진 기억이 있다
처음으로 선물 받은 신발이 기억난다
번쩍번쩍한 구두
푹신푹신한 농구화까지

신발을 신으면
무작정 걷고 싶어진다
그런 생각이 들 때면
모든 길이 내리막길 같다

금강 외1

장태영

한낮 눈이 부신 날
군산 하구둑 구경을 했다
너나 할 것 없이
서로 사랑하라 하시던 말씀에
기억이 또렷해질 때
나는 또다시 이 슬픈 강을 바라본다
금강
하얀 저 물길 속의 깊이가 얼마일까
자꾸만 깊은
물줄기에서 날 부르는 것이 있다

신발

신발 중에 가장 신고 싶었던 것은 축구화였다
원장님이 주었던 신발은 바닥 밑이 닳아 지고 물이 들
어와
이상해서 바닥을 바라보니 구멍이 나 있었다

돈도 없는데 동생이 나를 위해서 신발을 사가지고
내가 있는 시설에 왔다

멀리 있어 자주 보지 못하는 내 동생
그리고 내가 이렇게 많이 아파
동생을 잘 돌보지 못한 것이 항상 마음이 아픈데
오히려 동생이 나를 챙겨준다

고마운 내 동생 태혁이 항상 고맙다

나약한 나 외1

김설희

때론 나를 부끄럽게 볼 줄 알고
아플 때도 내색할 줄 모르는
그러한 나입니다

언제나 사람들 앞에 먼저 다가가 얘기할 줄 모르는 나
입니다

사람을 좋아하고 함께 수다 떠는 모습을
그리워만 하는 이런 내성적인 성격을 고치려 애쓰는
나약한 나입니다

이러한 나를 소중히 여기고 좀 더 사랑해 주렵니다
지난날을 생각하면 내 자신한테 상처만 줬던 나입니다
이제는 더 이상 상처받지 않고 사람들한테 기죽지 않
겠습니다

꿈을 향해 이제는 활짝 웃는 내가 되렵니다
이런 나를 사랑합니다

신발

예쁜 신발을 신고 여행을 떠나려 하네
푸르른 하늘을 동무 삼아 여행을 떠나려 하네
푸른 잔디와 꽃들이 아름다움을 뽐내며 나를 오라하네
나뭇가지에 앉아 있는 산새들이 나를 반겨주네
늘 내 곁에 있던 신선한 공기와 시원한 바람도 나를 설
레게 하네
햇님도 반갑다며 고개를 끄덕이며 나에게 인사하네
정답게 지저귀는 종달새는 나를 보며 반갑다고 노래하네
난 이 신발을 신고 어디든 여행을 할 수 있다네
함께한 시간이 갈수록 네 모습은 초라해지겠지만
언제나 너와 함께할 거라네

하루하루 생활 외1

정은실

나는 정신병에 걸렸습니다
부모님의 보살핌이 있어야 생활할 수 있습니다
엄마는 잔소리를 많이 하십니다
듣기 싫어 죽겠지만 나를 위한 것이라 생각하고 참습
니다
매일 약을 먹고 몽롱한 상태로 누워 있습니다
센터 가는 수요일 날은 괴롭습니다
집에 오는 길에 꼭 병이 악화되는 것 같습니다
정말로 미치겠는데 참고 있습니다
시집가서 애도 못 낳아 보고 죽는 거 아닌지 걱정됩니다
앞으로 걱정을 안 하고 열심히 살려고 노력하겠지만
그게 잘 될지는 의문입니다

신발

어렸을 때 신은
내 신발 고무신

양복점 일을 하시는 아버지
양복점 일과 가정일을 돌보시는 어머니
딸만 넷

집은 가난했지만
고생하시는 부모님과 동생들

개성 없이 똑같은 신발들이 뒤죽박죽 섞여
잘못 신고 나가는 일이 허다하다

잘못 신은 신발에
모두가 깔깔깔 웃음이 넘친다

거머리 같은 하루 외1

김하규

거머리 같은 긴 하루를 보낸다
힘겹고 어려운 날이다
이런 생활을 견디고 일어서면 행복한 날이 오겠지 생
각한다
아무것도 하지 않고 보내는 하루
어서 빨리 새 생활을 할 수 있는 사람이 되었으면 좋겠다

신발

털털거리지만 다리를 감싸 주는 신발
춥거나 덥거나
항상 나의 발을 감싸 주는 신발

이러한 신발이 없었더라면 아마도
우리의 발은 엉망진창이 되었을 것이다

그렇기 때문에 신발은
없어서는 안될 존재가 되어버렸다

과거는 그렇게 흘러갔다 외1

이용

어린 시절에는 짓궂은 꼬마였다
예를 들어서 여자 친구들이 고무줄놀이를 하고 있으면
몰래 다가가 줄을 끊고 도망가는 장난꾸러기 소년이었다
학교에서는 선생님들께서 많이 귀여워해 주셨다
중학교 때는 '학교'라는 드라마를 보고
모범학생처럼 알지도 못하는 시집을 들고 다녔고
대학생 형들이 다니는 다방이 아니라 커피숍에 많이
다녔다
학생지도부 선생님에게 많이 혼났다
고등학교 시절에는 이리유도관 앞 성당에서
무엇도 모르고 그냥 남들 하니까 자유를 달라고 외치
는 학생이었다
고등학교 졸업을 하고 나서는 다시금 꿈을 꾸었다
내가 왜 이러지
자꾸만 망상이 깊어져 갔다

신발

신발 너무 고마워
벗으면 절름발이란다
쩔뚝쩔뚝 다른 이와 다른 나의 모습 나는 싫어
하지만 네가 있어 나는 좋아
너를 신고 나면 다를 것이 없단다
하지만 넌 뭐 다르냐 흙길을 걷고 일을 해도
운동화 너는 말이 없다
네가 없으면 나는 안 돼
일을 하지도 못하잖아 많이 창피하고 맨발로 걸으면
아파서
아냐 아냐 싫어 신발아 신발아
아주 고마운 신발아
나는 네가 좋아 오늘도 파이팅

자아와 나 사이 외1

장종옥

함께한 지 햇수로 50년이네
밉다고 투덜대도
좋아서 하하하 웃었는데
가만 보니 우린
닮아가네
너는 나야 나는 너고

신발

발은 제 2의 심장
그 소중한 발을 보호해 주는 신발
봄꽃 신발을 신고
진달래 개나리 벚꽃길을 거닐고

여름 신발을 신고
선유도 해수욕장을 다녀온다

가을 신발을 신고
떨어지는 낙엽을 밟으며

겨울 신발을 신고
뽀드득뽀드득 하얀 눈을 밟는다

엄마의 편지 외1

송자영

자영이에게 쓴 편지

자영아

정신적으로나 육체적으로나 조금 힘들어도 잘 참고 인
생을 즐기면서 살아가자

내 곁에 너라도 있어서 천만 다행이다

그리고 감사하다

이 엄마는 자영이를 사랑한다

자영이 파이팅

신발

신발아 힘들겠구나
고맙구나
멋진 신발
섹시한 하이힐
시원한 샌들
어여쁜 단화
착한 운동화도 있구나
신발아 파이팅!

달맞이꽃 외1

권훈자

달맞이꽃 피는 순간 본 적 있나요
냇가에 달구어진 돌멩이 식어질 때
조용히 앉아 기다리면
파다닥 피어나는 달맞이꽃 볼 수 있어요
채송화꽃 안에 별을 본 적 있나요
화단에 꽃들이 만발할 때
쭈그리고 앉아 들여다보면
별을 품은 채송화 볼 수 있어요

봄의 힘

나무는
땅속 깊은 우물을
힘 있게 퍼올려
가지 끝까지
연둣빛 물을 채운다

작은 손님 큰 기쁨 외1

김경희

오늘은 토요일 내 작은 손님 오는 날

오늘은 무슨 요리를 할까? 오늘은 무슨 간식을 먹을까
살며시 문이 열리고 참새 같은 목소리 들리네

"할머니 은이 왔어, 고은이 왔어."

젊은 시절 사는 게 바빠
지아비는 정 주어 한 번 안아주지도 못했는데
고마운 내 손녀가 품에 안기네

"할머니, 할머니는 눈 안 보이니까 은이가 도와줄게."

계단 앞에서 다섯 살 조가비 같은 손을 내 손에 포갠다
젊은 시절 삶에 쫓겨
언제부턴지도 모른 채 병은 깊어졌고 시력마저 잃었는데
바싹 마른 내 가슴에 봄바람을 일게 하네

희망의 샘

삶이 힘겨워 고목이 되어버린 줄 알았던 내 가슴에

알알이 희망의 열매 맺힌다

새 기운을 솟게 하는 소중한 시간의 샘물

답답했던 마음 새빛 깃들고

거친 마음 옥토로 거듭나니

이곳 배움터가 희망의 샘이요,

새로운 꿈을 꾸게 하는 요람일세

계절의 선 외1

김선봉

모든 이들이 가을이 되면 이별의 기운을 느낀다
그러나 나는 가을이 만남의 계절이라고 소개하고 싶다

여름과 겨울이 만난다
둘은 누구에게서인가 서로를 소개받는다
그 중매쟁이는 우리가 잘 알고 있는 가을인 것이다
가을은 그래서 중매쟁이다
여름과 겨울은 가을의 중매로 만나 서둘러 결혼한다
그리고 아이를 낳는다
이 아이가 곧 봄인 것이다
그들의 시대는 간다
여름과 가을과 겨울이 그렇게 지나간다
그리고 새로운 시대가 열린다
그런 점에서 가을은 착한 중매쟁이다
아무 조건 없이 그들의 행복만을 위해 소개시켜 주니까

송년회

　12월 31일 송년회에 참석했다
　아파트 1층을 빌렸지만 우리 모두는 다섯 칸 계단을
무서워했다

　어찌어찌 그 장벽을 넘었다
　한 해의 아쉬움을 한 잔의 소주와 족발로 달래야 했다
　망년회 만찬을 위해 희생된 돼지 군과 한겨울의 추위
에도 벌거벗은 치킨 양에게 감사함을 전한다
　하루살이는 하루를 산다. 그러나 내일도 하루살이는
그 자리에 또 있다
　2011년 한 해는 그렇게 가고 있었다. 그때 문밖에서
얼쩡거리는 검은 그림자를 보았다
　이마를 자세히 보니 2012년이라고 써 있었다

꽃샘추위 외1

임재혁

'꽃샘추위'라는 단어 하나 속에,
사랑을 지키려는 독한 여인의 집착이 보이네

'꽃샘추위'라는 단어 하나 속에,
다가오는 봄 처녀를 시샘하는 가련한 여인의 서러움이
보이네

'꽃샘추위'라는 단어 하나 속에,
봄꽃 닮은 소녀의 붉은 뺨이 보이네

'꽃샘추위'라는 단어 하나 속에,
아지랑이 닮은 새 꿈이 보이네

문학교실 송년회

문학교실에 수강하고 첫 송년회를 맞았다
무척이나 마음이 들뜨고 설렜다
모두들 불편한 몸이니 아파트 1층에 사는 우리집에 모
였다
나이가 가장 많은 나는 어른답게 많은 것들을 준비하
고 싶었다
날씨는 내 마음도 모르고 너무나 추웠고,
추운 날씨 탓에 몸은 내 말을 잘 듣지 않았다

건강을 잃고 가족을 잃은 나는 사랑을 잊고 살았다
그런데 오늘 나는 다시 행복을 느꼈다

환하게 웃는 얼굴 사이로 피어나는 삶의 기운을 보았고
정이라는 글자를 가슴마다 붙인 소중한 내 식구들을
다시 찾았다

새 출발 외1

장경하

오늘은 초등학교 입학식
교문에 들어서자
이제 막 피어나는
봄꽃보다 더 예쁜 사람 꽃이 우리를 반기네
운동장 가득, 엄마의 가슴 가득, 온 세상 가득 봉오리
를 피우려고

노란색, 빨간색 옷을 차려입고
지지배배 참새처럼 지저귀며 온 운동장을 장식한다

1학년 학생들의 올망졸망한

꿈

나는 오늘도 꿈을 꾸며 교회 책상을 닦는다
언제쯤일지는 모르지만 나는 장애를 이기고 세상 속으
로 들어가는 꿈을 꾼다

저만치 교회 새 친구가 오고 있다
나는 반갑게 인사를 했고 그 친구는 고개를 돌리며 지
나쳐 간다

나는 텅 빈 교회 마당을 쓸며 꿈을 꾼다
언제쯤일지는 모르지만 나의 장애를 이기고 힘껏 달리
는 꿈을 꾼다
저만치 유년부 선생님이 오고 있다
나는 반갑게 인사를 하고 선생님은 얼굴을 보이지 않
은 채 작은 소리로 대답한다
나는 마른 나뭇가지를 치며 꿈을 꾼다
나는 쓰레기를 치우며 꿈을 꾼다
또 나는 잠을 자며 꿈을 꾼다
다시는 깨고 싶지 않은 행복한 꿈을 꾼다

곰의 춤 외1

강민산

똥똥하다
거울 속 곰의 허리
휘어진다
겨울 속 곰의 어깨

휠체어를 타기 전
열여섯 살
귀여운 까치발로
나는 걸었었다

아니에요
얼마나 예쁜지 아세요?

곰 한 마리 춤을 춘다
뒤뚱뒤뚱 비틀비틀
아름답게
눈 시리게

가방

희망을 끝까지 포기하지 말자
불안하지만
지퍼가 열린 가방처럼
나의 꿈 희망 미래
모두 다 여기에 넣고 싶다
힘들다
나에게 소중한 것
다시 시간의 지퍼를 열며

홀로 방안에서 외1

김배근

홀로 방안에서 무얼 생각하는지
행복이는 마냥 행복해 보입니다

방안에는 그저
행복이가 좋아하는 노래만 나오는데 말이죠

홀로 방안에 있는 행복이는
행복해 보입니다

방안에는 행복이가 혼자 있는데
행복이는 아주 행복해 보입니다

커피와 우유

아침을 시작하는 마음으로
검은 커피를 마시고
저녁을 마무리하는 마음으로
하얀 우유를 마신다

아침엔
하루의 계획과 하루의 소망으로
커피를 마시고
저녁엔
하루의 반성과 하루의 기억으로
우유를 마신다

내 하루는 검고 희다

땡볕 외2

김백

버스는 나를 기다려 주지 않았고 내 집은 가깝지 않았다
벌써 세 대째 버스는 그냥 지나친다
나는 시계를 보지 않았다
따가운 땡볕이 나를 말릴 듯 머리 위에 쏟아진다
하지만 나는 고개를 숙이지 않았다
나를 피해 가는 사람들보다
따가운 햇살이 더욱 고마웠기 때문이다

사람답게 사는 길

여러 장애인 한자리에 모여
인권강의를 들었다
온갖 장애인이 마음 터놓고
생각을 나눴다

모두가 품고 있는 생각도 다르고
비틀거리고 더듬거리는 장애도 다르다

이리저리 돌려 말하고
좀 더 힘주어 말해도
우리의 생각은 하나, 우리의 마음은 하나
우리는 사람답게 살고 싶다
우리는 사람다운 권리를 찾고 싶다

세상 속으로

나는 세상 속으로 걸어 들어간다
29년을 살고도 걸음마를 제대로 못 배우고 비틀거리
지만
이제 세상 속으로 한 번 들어가 보려 한다

힘겹게 걷는 내 어깨를 누군가 새차게 밀친다 해도
넘어진 흙바닥에서 곧장 일어나지 못한다 해도
그 위로 소나기가 쏟아진다 해도
나는 한 번 세상 속으로 걸어 들어가 보련다

사춘기 외2

천정옥

나는 보았어요
영롱한 소녀의 눈빛이 이글거리는 활화산처럼 미치광
이로 변해 가는
소녀를 나는 지켜 보았어요
오늘도 방문을 쾅
저만큼이나 마음의 문고리도 채웁니다
어디로, 무엇을, 찾아 헤매고 있는 걸까요
얼마나 깊은 수렁에 빠져 허우적거렸는지
온몸이 상처투성이고
눈물이 고인 눈에는 슬픔이 가득합니다
그저 나는 바라만 봅니다
그리고 기다립니다
영롱한 눈빛을 가진 소녀를

친구

수많은 인연 중에 너와 나 친구로 만났다

만나면 한없이 반갑고 서로에게 안부와 위로를 건네기
바쁘다

헤어지면 아쉽고 그립다

소식이 뜸해지면 걱정부터 앞선다

너와 나 어떤 인연으로 만났기에 핏줄보다 끈끈하고
종교보다 거룩하다

너와 나의 운명 속에 깊이 빠져 있는 우리는 친구다

남편

산전수전 겪으며 살다보니
눈이 오면 눈이 오는 대로 소담스럽고
비가 오면 비가 오는 대로 고즈넉하고
바람 불면 바람 부는 대로 시원하고
천둥 번개가 두렵지 않더이다
내게는 묵묵히 곁을 지켜준 남편이 있었기에

두려움 없는 사람 외2

홍승표

삶이 구렁텅이 속에서
부활을 꿈꾸고 있을 적에
당신은
미적분으로 분해하지 못할 것이 없다면서
이 삶을 산산조각 내어놓은 채로
헤아리고만 있으니

설령
오늘이 부패하여
악취를 풍기며 썩어갈지언정
걱정은 금물

온 생애가 그렇지
분해 못할 건 또 뭐구
안될 것이 어디 있느뇨

이력서

　태어나던 해에 겨울이 길었다
　그 겨울이 저물기 전에 어머니는 나를 세상에 덩그러
니 던져 주시고
　그 겨울이 저물자 서른이 되었다

춘천 가는 막차

석양 드리운 지는
어둠처럼 가물거린다
서늘함이 팔뚝으로 내려앉자마자
온통 석류처럼 빨개지는 몸둥이
아지랑이처럼 스멀스멀대는
成熟
주책스런 망각
"서울처럼 잊기 쉽고
달아오르기 쉬워진"

막 떠날 채비를 하며 뒤를 보는데
불그스레 만월이 기웃거린다
소양호에 묘한 웃음을 짓는다

추억의 검정 고무신

유무성

운동장에서 친구들과 뛰놀 때
공보다 더 높이 올라가던
검정 고무신이 생각난다
모래를 담으면 트럭이 되고
접어놓으면 기차가 되고
또 접어놓으면 배가 되고
물고기를 넣으면 어항이 된다
바닥이 닳을 때까지 아끼고 아꼈던 추억의 검정 고무신
어릴 적 추억은 생각 속에 돌이킬 수 있지만
내 생활은 영원히 돌아갈 수 없는 아쉬움

햇살

정이식

해가 화창하게 떴다
포근한 햇살이 얼굴을 간지럽힌다

얼굴이 따끈하다
한겨울에 먹는 뜨끈한 오뎅국물 같은 사람이 되고 싶다
조미료가 아닌 우려낸 육수 같은 사람이 되고 싶다

햇살을 받으며 시를 쓰는 나

라면이 좋다

지금 라면이 먹고 싶다
백일장에서 일등도 필요 없다
지금 라면이 먹고 싶다
정말 먹고 싶다
드디어
지금 물을 끓이고 있다

신발

류종선

한 짝은 외롭습니다
신발은 친구
짝이 있어야 합니다

한 짝은 외롭습니다
고무신은 언젠가 신어 본 듯하지만
지금은 차가 다닙니다
머리가 약간 아픕니다

한 짝은 외롭습니다
친구들의 발짝 소리를 들으면 누군지 압니다

친구들이 걷자고 합니다

습관

이만구

어렸을 때 내 별명은
덜렁이였다
뭐든지 잘 잊어버리곤 해서
자주 혼이 났었다
그때부터 모든 일을 두세 번씩 생각하는 습관이 생겼다
아프고 난 뒤에도
그것은 계속되었다
잊지 않으려는 행동을
사람들은 강박장애라고 한다
남들이 생각하는 건 상관없다
다만 내가 심사숙고하는 것을
강박이라고 부르는 세상이
나보다 더 이상하다

신발

전병조

나는 인내입니다
당신 무게에 짓눌리어 닳고, 해지고, 찢기어가면서도
한마디 불평도 토하지 않는
나는 인내입니다

나는 이해입니다
당신이 힘들고 화가 나서 돌부리를 걷어차고, 마구 내
팽개쳐도
침묵하며 배시시 미소로 감싸주는
나는 이해입니다

나는 겸손입니다
세상의 가장 낮은 곳에서 밟히고, 아프고, 흙먼지를 뒤
집어쓰면서도
당신을 보호하고 생명을 싹틔우는
나는 겸손입니다

나는 사랑입니다

그 밟힘과 멸시와 환멸의 아픔 속에서도 꿋꿋이 당신
을 지켜내고 인도해 가는
나는 길이고 헌신이며
영원한 등불입니다

비애

김주연

지금은 아프다
시골의 외딴집에 홀로 있어서
더 아프다
내 지갑 속의 복지카드 때문에
더 아프다
그래도 아침에 길을 나선다
먼 길을 따라 도착하면
내 편들이 있다
그때는 아프지가 않다

내가 누구일까

김창식

이곳에 와서 많은 것을 알게 되었습니다
여행 삼아 왔던 길을 생각해 봅니다
내가 대한민국의 국민일까도 생각해 봅니다
내겐 주민등록증이 있습니다

매일 같은 생활

이정구

내가 다닐 때 차창에 비친 내 모습을 바라본다

영화를 보고 자전거를 타고 음악을 듣는 내 모습이 더욱 아름답고 신기하다

거울을 보고 단장을 하고 방에서 텔레비전을 보며 하루를 정리한다

결국 하루하루가 순환이라는 것을 이해하며

후회 없는 인생을 살고 싶다

신발

배홍길

신발을 신고
모래 위를 걸으면
자박자박 소리가 난다

산길을 걸으면
사박사박
자갈밭을 걸으면
자각자각

문득 어릴 때 걸음 걸음마다
소리가 나던
삐약이 신발이
생각난다

계절

안다현

봄은 오색 꽃을 피우고
살짝, 꽃샘추위를 몰고 오는
간지러운 계절

여름은 따가운 햇빛을 비추고
시원한 바다를 보여 주는
변덕쟁이 계절

가을은 붉은 노을을 비추고
붉은 잎 한 잎 두 잎 떨어지는
잎 촉촉한 계절

겨울은 높은 하늘에서 눈 내리고
벌판의 사람들 포근히 덮어 주는
하얀 계절

어느 계절에 내 눈은 빚어졌을까?

2014 장애인 창작집 발간지원 사업 선정 작품집

슬픈 순례

1쇄 발행일 | 2014년 12월 20일

지은이 | 이경숙 외
펴낸이 | 정화숙
펴낸곳 | 개미

출판등록 | 제313 - 2001 - 61호 1992. 2. 18
주소 | (121 - 736) 서울시 마포구 마포대로 12 한신빌딩 B-109호
전화 | (02)704 - 2546, 704 - 2235
팩스 | (02)714 - 2365
E-mail | lily12140@hanmail.net

ⓒ 이경숙 외, 2014
ISBN 978 - 89 - 94459 - 50 - 9 03810

값 10,000원

주최 | 대한민국 장애인 창작집필실
주관 | 장애인인식개선오늘(고유번호 305-80-25363. 대표 박재홍)
심사 | 발간지원 사업 심사위원회
후원 | 대전광역시, 대전문화재단, 계간 문학마당